Die deutsche Ausgabe erscheint bei
Parragon Books Ltd
Chartist House
15 – 17 Trim Street
Bath BA1 1HA, UK

Realisation der deutschen Ausgabe: trans texas publishing, Köln
Übersetzung: Susanne Schmidt-Wussow, Berlin

ISBN: 978-1-78186-041-0
Printed in China

ALICE im WUNDERLAND

Parragon

Bath • New York • Singapore • Hong Kong • Cologne • Delhi
Melbourne • Amsterdam • Johannesburg • Shenzhen

Eines schönen Sommertages erhielt ein junges Mädchen namens Alice eine Lektion in Geschichte. Doch während ihre Schwester etwas über die alten Könige vorlas, flocht Alice ihrer Katze Dina eine Krone aus Blüten. Der Tag war einfach zu herrlich für Unterricht, dachte sie.

Sobald sie konnte, stahl sich Alice davon.

„Ach, Dina“, seufzte sie, „in meiner eigenen Welt gäbe es keinen Unterricht. Das wäre alles nur Unsinn.“

Während Alice von ihrem Wunderland träumte, flitzte ein herausgeputztes weißes Kaninchen an ihr vorbei.

„Ich komme zu spät! Ich komme zu spät!“, rief es. Alice lief ihm hinterher. „Es muss etwas furchtbar Wichtiges vorhaben“, sagte Alice zu Dina. Sie folgte dem weißen Kaninchen zu einem Kaninchenloch.

Alice quetschte sich in das Loch, obwohl sie wusste, dass sie nicht dort hingehörte.

„Du kennst doch das Sprichwort: Neugier bestraft sich selbst … AAAAAAH!“

Genau wie ihre Stimme verschwand Alice plötzlich in einem finsteren Schacht. Sie schwebte durch die Dunkelheit hinab. Als sie an einer Lampe vorbeiflog, schaltete Alice sie ein und sah sich um.

„Das wird ja immer ulkiger“, sagte sie.

Als Alice landete, sah sie ein Paar weiße Kaninchenpfoten vorbeirennen.

„Oh, Herr Kaninchen, warten Sie!“, rief sie und folgte ihm bis zu einer kleinen Tür. Als sie den Türknauf drehte, wackelte eine Nase in ihrer Hand. „Was für ein seltsamer Ort!“, dachte Alice. Sie fragte den Türknauf, ob sie hindurchgehen dürfe.

„Tut mir leid“, sagte der Türknauf. „Du bist viel zu dick. Versuch's mal mit der Flasche auf dem Tisch!“

Alice nahm die Flasche. Daran hing ein Zettel: „Trink mich!“ Und mit jedem Schluck wurde Alice immer kleiner.

Nun passte sie zwar durch die Tür, doch die war verschlossen! Die winzige Alice konnte sie nicht aufschließen. Da aß sie einen verzauberten Keks und wurde riesengroß – aber nun kam sie nicht mehr durch die Tür! Alice begann zu weinen, und ihre Riesentränen überfluteten den Boden. Schließlich schrumpfte sie wieder und schwamm in der Glasflasche durch das Schlüsselloch.

Eine Welle schwemmte Alice mitten in ein sehr seltsames Rennen. Fische und Vögel sausten um einen Pfeife rauchenden Dodo herum. Sie versuchten, trocken zu werden, doch die Wellen machten sie immer wieder nass.

Plötzlich entdeckte Alice das weiße Kaninchen, das in einem Schirm an den Strand gespült worden war.

„Herr Kaninchen!", rief sie und verfolgte es bis in den Wald. Aber statt des Kaninchens fand sie dort ein Zwillingspärchen.

„Ich bin Diedeldei", sagte der eine. „Ich bin Diedeldum", sagte der andere. Alice erzählte ihnen, dass sie herausfinden wollte, wohin das weiße Kaninchen unterwegs war.

Diedeldum seufzte. „Es kann gefährlich sein, wenn man zu neugierig ist!", warnte er sie.

„Da haben Sie sicher recht", bestätigte Alice, eilte aber trotzdem davon, um das weiße Kaninchen einzuholen.

Alice rannte tiefer in den Wald und traf eine Raupe, die Buchstaben aus Rauch blies.

„Wer bist duuu?“, fragte die Raupe, während sie ein „U“ aus Rauch machte.

Alice pustete den Rauch weg – und blies dabei die Raupe aus ihren Kleidern!

Alice machte sich große Sorgen, bis sie sah, dass sich die Raupe in einen Schmetterling verwandelt hatte.

Der frisch geschlüpfte Schmetterling sagte zu ihr: „Eine Seite des Pilzes macht dich größer, die andere macht dich kleiner."

Dann schlug er mit seinen nagelneuen Flügeln und flog weit in den Himmel hinauf.

Alice brach zwei Stücke von dem Pilz ab. „Ich frage mich, welche Seite wohl welche ist“, sagte sie. Mit einem Schulterzucken biss sie in eines der Stücke. Bald wusste sie, welches Stück das war!

Alice schoss durch die Bäume in die Höhe und riss dabei mit ihrer Haarschleife das Nest eines wütenden Vogels mit. Sie musste schnell wieder zu ihrer normalen Größe zurückfinden! Rasch biss sie in das zweite Stück. Als sie wieder ihre normale Größe hatte, steckte sie die Pilzstücke in ihre Tasche.

Während sie weiter durch den Wald ging, suchte sie nach Spuren des weißen Kaninchens. Sie stieß auf einige Hinweisschilder, doch die waren nicht sehr hilfreich. Da hörte sie jemanden singen. Als Alice hochsah, erblickte sie eine grinsende Katze.

„Wenn du es genau wissen möchtest“, sagte sie, „das weiße Kaninchen ging dort entlang.“ Die Grinsekatze tippte sich an die Stirn. „Wenn ich allerdings auf der Suche nach einem weißen Kaninchen wäre, dann würde ich den verrückten Hutmacher fragen. Die meisten von uns hier sind verrückt.“

Alice ging weiter, bis sie wieder jemanden singen hörte. „Das muss der verrückte Hutmacher sein“, dachte sie. Sie sah ihn mit dem Märzhasen am Ende einer langen Tafel sitzen.

Alice versuchte, mit einzustimmen, als sich die beiden gegenseitig alles Gute zum Nichtgeburtstag wünschten. Aber da schrien sie: „Kein Platz! Kein Platz!“

„Oh, entschuldigen Sie bitte“, sagte Alice. „Ihr Gesang war so schön!“

„Unser Gesang hat dir also gefallen?“, fragte der Märzhase.

„Was für ein charmantes Kind!“, rief der verrückte Hutmacher. Sie setzten Alice an den Tisch und boten ihr Tee an. Der verrückte Hutmacher zog seinen Hut und wünschte Alice alles Gute zum Nichtgeburtstag. Auf dem Kopf trug er eine Nichtgeburtstagstorte!

Alice blies die Kerze auf der Torte aus und wünschte sich etwas zum Nichtgeburtstag.

Wie als Antwort auf ihren Wunsch erschien das weiße Kaninchen.

„Ich komme zu spät! Ich komme zu spät!“, rief es.

Der verrückte Hutmacher und der Märzhase glaubten, die Uhr des weißen Kaninchens sei kaputt. Sie versuchten, sie mit Zitronensaft und Marmelade zu reparieren!

Alice schüttelte den Kopf und ging fort. „Ich habe genug von diesem Unsinn!“, sagte sie.

Alice war schon eine ganze Weile unterwegs, aber sie fand nicht mehr zurück in den Wald. „Ich wünschte, irgendetwas hier wäre logisch!“, murmelte sie vor sich hin. Diese Welt voller Unsinn war ganz und gar nichts für sie.

Da hörte Alice wieder die Grinsekatze über sich.

„Ich möchte nach Hause“, sagte Alice verzweifelt zu ihr. Die Grinsekatze öffnete eine Tür in dem Baum, auf dem sie saß. Alice ging hinein und stand in der Welt der Herzkönigin.

Das weiße Kaninchen rannte an ihr vorbei an den königlichen Hof. Vielleicht, dachte Alice, war es deswegen immer so in Eile. Es wollte rechtzeitig da sein, um die Königin anzukündigen.

„Ihre kaiserliche Hoheit!“, rief das weiße Kaninchen. „Die Herzkönigin!“ Die Spielkarten jubelten, als die Königin den Saal betrat.

Die Königin erblickte Alice. „Oh, ein kleines Mädchen! Woher kommst du denn, und wohin willst du?“

Alice knickste und antwortete: „Ich suche meinen Weg.“

„Deinen Weg?!“, schrie die Königin. „Alle Wege hier sind meine Wege!“

Sie beruhigte sich jedoch wieder, als sie erfuhr, dass Alice Krocket spielte. Die Königin liebte Krocket, und die Karten sorgten immer dafür, dass sie gewann.

Die Königin wählte einen Vogel als Schläger und bereitete sich auf den Schlag vor.

Da erschien plötzlich die Grinsekatze! Doch nur Alice konnte sie sehen.

„Pass auf", sagte sie zu Alice, „wir können sie noch viel wütender machen!"

„Oh nein!", rief Alice. „Nicht!"

Aber es war zu spät. Die Grinsekatze brachte den Rock der Königin durcheinander, und als sie zum Schlag ansetzte, stolperte sie und purzelte zu Boden – mit dem Rock über dem Kopf!

Die Königin stemmte sich hoch. „Dafür wird ein Kopf rollen!“, brüllte sie Alice an. „Deiner!“

Der kleine König zupfte schüchtern am Rock der Königin. „Aber zuerst machen wir ihr einen klitzekleinen Prozess.“

Die Königin brummte widerwillig.

Das weiße Kaninchen verlas die Anklage: „Alice hat die Königin dazu gebracht, die Geduld zu verlieren.“

„Bist du bereit für deine Verurteilung?“, fragte die Königin Alice.

„Verurteilung?", sagte Alice. „Aber zuerst muss es doch eine Verhandlung geben!"

„Zuerst die Verurteilung!", donnerte die Königin. „Runter mit ihrem Kopf!"

Alice fand in ihren Taschen die beiden Pilzstücke. Sie steckte sie in den Mund und wuchs immer weiter, bis sie die Königin weit überragte. Der König und die Königin befahlen Alice, den Hof zu verlassen.

„Ich habe keine Angst vor euch!", sagte Alice.

Da spürte Alice, wie sie schrumpfte!

„Runter mit ihrem Kopf!“, schrie die Königin wieder. Die Karten rückten immer näher an Alice heran.

„Ich muss einfach fort von hier“, sagte Alice und rannte davon, so schnell sie konnte. Sie eilte durch ein Labyrinth und folgte ihrer eigenen Spur durch den Wald zurück. Bald war sie wieder am Strand, mitten in dem Dodo-Rennen.

Die Karten jagten Alice über den Strand. Durch Rauchschwaden hindurch sah sie den Türknauf und seine kleine Tür. Sie zerrte an dem Knauf.

„Ich muss hier raus!“, keuchte sie.

„Aber du bist draußen“, erwiderte der Türknauf. Alice spähte durch das Schlüsselloch. Tatsächlich, da saß sie auf der Wiese und schlief!

„Alice!“, rief jemand.

Ihre Schwester weckte sie. Alice sah sich um. Die Königin – und ihr Wunderland – waren fort.

Alice seufzte. Dieser Tag war zu herrlich für Unsinn!